我們不談論死亡
塵世的愛太擁擠
此起彼伏的是生活
一局
過是
說最終回的兩滴淚

花長出了骨頭

王紅林——著

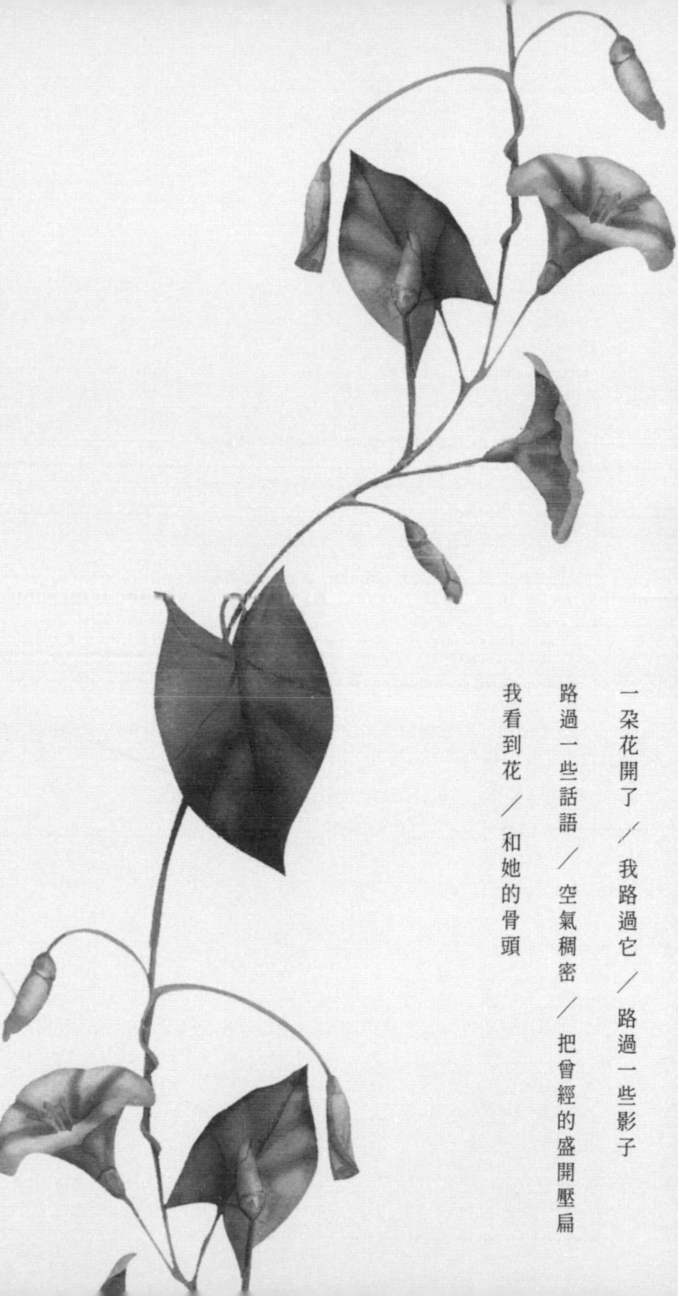

一朵花開了／我路過它／路過一些影子
路過一些話語／空氣稠密／把曾經的盛開壓扁
我看到花／和她的骨頭

目錄

推薦序

總有一個音階屬於你

——王紅林詩集《花長出了骨頭》

白靈

人生是一連串的偶然，有的是主動的偶然，有的是被動的，當這個偶然與那個偶然相撞時，很多因緣許多際會就自此發生了。它們很像字與字的互擊，詞與詞的偶遇一般，在看似完全不可能發生，在一切都還沒開始以前，沒有人可預期會產生怎樣的人生轉折，就像完全沒關係的兩個字詞因互撞而生出創意和詩句般，不可能終究完成了出人意表的可能。

人的運命和詩運率皆如此。因此詩是種子還是基因？是被種植的？還是自己長出來的？實難有定論。然則外在的壓逼或困境對個人的刺激顯然是重要的，當稍有緩舒之力或掙脫的欲望時，會像擠進黎明或黃昏的邊界，要獲得轉換黑白的機會，卻往往平白生出許多色彩和燦爛來。

對于紅林來說，她一生的際遇和跌宕也夠起伏曲折了，養女、做鞭炮、養豬、廚工、教師、店員……生父拋棄她，養父是礦工，幸好養母是疼她的，而從湖北到廣東到海南，未來台前，大概沒想過有朝一日會嫁來台灣，會被迫把過往學經歷瞬間都歸零，諸多家庭親情的重擔墜落她肩膀，日子到末了只是要「活下去」，而這還得從平凡小老百姓的生活底層向上爬，她過得跟小庶民一樣辛苦，在來「紅林包子」前應壓根兒也沒想過日子有天會陷在包子裡。二〇一七年開始寫詩前，應也想不到有朝一日會把詩寫進包子裡吧？太多的不可能最終都來到了眼前，擋住她，叫住她，壓住她，包括濃重到不行的鄉愁和孤寂感。她不知為何會走到眼前這一步的。詩，成了她脫離生活壓逼、讓自己稍可呼吸、乃至唯一可彈奏自娛的，弦。即使是淒涼的弦，也不肯輕易「斷腸」，她的苦之中仍存有「依然」：

就算瘦了西風
依然守著天涯　不想斷腸

那個女人　坐在窗前
青絲踩著四季的更迭
獨自花開
獨自凋零
獨自讓相思　成塚

（王紅林〈那個女人〉後半）

這是一個強韌得有點頑固的女性，喜歡「獨自」，但卻願把「獨自」研磨的「結果」以「那個」指稱，讓人分食或分享，好像說的是別人，「過程」則自己獨吞。她的鄉愁有時有人有時沒人，有人是「相思」，沒人則成了「鄉思」，她的詩多數徘徊於此二者之間。沒人的比如〈呼喚〉：

聽到有個聲音在呼喚我
渺渺茫茫 忽遠忽近
原來是故鄉的黃昏
我倚靠在門邊的牆上
一朵梔子花
被揉捏得死去活來

梔子花在冬天就開始出現花蕾，要到夏天才會開花，其花語就有等待、遵守約定、不會忘記承諾之意，前三行白且平淺，末三句將之托起，是此小詩精彩處：「我倚靠在門邊的牆上／一朵梔子花／被揉捏得死去活來」，黃昏是視覺，聲音渺茫飄忽，形容其似有若無，隱約若鉤，籠蓋若網，最難脫離，不得已想將之除去又不可得，只能借揉捏其象徵物梔子花以稍解感傷。不好說的，以最柔弱的代之受罪，將內在情感的糾結隱隱透出。

而這首〈空山〉則分明有人：

幾滴鳥鳴驚醒了幽蘭
寂寞滋生在蘑菇的傘下
寺廟的鐘聲裊裊升起
一杯茶褪盡繁華
條凳上已沒了故人

落紅掩埋千年的誓言
還要等你多久
回聲才會飽滿

唐末五代的惟審〈別友人〉有詩句說：「欲識異鄉苦，空山啼暮猿」，要知在異鄉之苦，聽到空山啼暮猿時感受特別深刻。嚴維〈宿法華寺〉則有句：「魚梵空山靜，紗燈古殿深」，木魚梵唱時空山特別靜。上述二詩皆以猿和梵對比空山的空，而紅林則以〈空山〉為題，寫鳥鳴驚醒幽蘭，注意到小蘑菇下的寂寥，寺鐘響，茶淡了，凳上人早走了，再也沒回來，落紅下埋的旦旦誓言不說何時會實現，而說「還要等你多久／回聲才會飽滿」，呼應了詩題，也留下了空檔，「回聲才會飽滿」是結結實實的回應嗎？作者沒說，給了讀者回轉的想像空間。

有時她詩中的有人等於沒人，沒人又像有人，最後既然都是無法完成或圓滿的，沒人與有人就沒什麼不同，只是一種匱乏之感，又隔著黑水溝，更顯得龐大無此。而匱乏像一座高山，攀登不易，匱乏也是一座「空山」，崎嶇險巇，深不見底，常常聽到的只是自己的呼吸聲或呼救聲，卻又不想真正也被拯救，只是不斷在夢中或詩中攀爬或墜落，比如下面詩例：

我和你的天空一樣蔚藍嗎
我們的悄悄話
以臃腫的姿態
懸掛在秋日的枝頭

陽光穿過霧霾
遇見門前靜默的小溪
遇見你結霜的背影
遇見自己火焰的樣子
在千瘡百孔的人世裡疼痛

（王紅林〈疫情之後〉前半）

「自己火焰的樣子」是多強烈的意象，看似寫人，此詩末句卻說「故鄉就是個折磨人的詞」，原來是龐大到無法與之對抗的家鄉，只是裡頭閃爍著一些人影。最後一切都只能孤獨地面對。又比如：

她忘記聊了些什麼
漫不經心地喝著一杯榛果

吃掉了他臉上的笑容
那一刻　她是孤獨的
孤獨地放牧了自己
甚至更久以前

「這個年啊一直下雨！」
他咳了一聲
她喝了一口
她聽見
咖啡在喉間漸漸墜落的聲音

（王紅林〈在咖啡廳〉）

這首詩很像電影鏡頭的幾個特寫，可以很超現實地拍成影片，包括先特寫「一杯榛果」，再認真地「吃掉了他臉上的笑容」，然後說話／咳／喝，再進入女主角的喉頭去拍「咖啡墜落」的聲響特效。這其中可插入了「孤獨地放牧了自己」的小動畫，好像將自己驅趕入荒野般的情境。只這些鏡頭就書寫了世間男女如火星與金星相隔遙遠溝通不易的普遍現象。

到末了就像自己染了疫或生了重病一樣，一切都必須自個兒承擔，尋求解脫療癒之道：

要以怎樣的心情
迎接全部的黑
還可以握一握昨天 前天
甚至更久以前

她想著
明天早上那杯咖啡上的拉花
一定是活成晚霞的模樣

（王紅林〈晚霞〉後半）

我們不談論死亡
塵世的愛太擁擠
此起彼伏的是生活
結局
不過是
小說最終回的兩滴淚

（王紅林〈活著真好〉節錄）

再「黑」的日子也要設法「活成晚霞的模樣」，恐懼死亡和愛的結局都一樣，末了不過是「最終回的兩滴淚」，哭笑過就好，能活著再見天日即需感謝。她體悟到人生不能白過，看清一切，知道自己的能和不能，該放則放，能縫則縫，雖活在社會庶民底層，也不想心比天高，只讓一切隨緣，凡事盡其在我，豈可輕言退縮：

樓下的芒果樹也有些疲倦
堆砌在樹上的不是葉子，是歲月
這一生
總在偶然和必然中決裂
冷涼的深呼吸
確定自己是清醒的
那些被吹落的葉子
有些是她

有些不是她

（王紅林〈秋思〉）

船帆　魚兒　海草
是她存在的方式
每一次與海見面
她都把自己撕碎
再縫合一次
重新回到人間

（王紅林〈不要說愛〉）

「偶然」是時機，「必然」是性格，相遇卻常決裂，但只要「確定自己是清醒的」即可，被歲月吹落的日子「有些是她／有些不是她」，不必過度承受自責。「船帆　魚兒海草」隨海與命運漂盪，不能完全主張，「每一次與海見面／她都把自己撕碎／再縫合一次／重新回到人間」，即使遭逢撕碎時刻，也要把自己拼貼回來，再度面對人世，這是她立意要「活成晚霞的模樣」的翻版。

但這樣的瀟灑和領悟是她一生幾多波折得來的，是風雨兼程的數十年所踏踩出來的，她這些年「流浪的足跡不曾停過／踩著不同的土地／在心裡細細刻下寧靜」，讓她明白「有很多疑惑找不到答案／問號串成鐵鍊／一圈一圈捆綁自己」（〈隔空〉）是再自然不過的，只能一次再一次，「等著天空塌下來／等著風灌進身體裡／等著自己把身體裡面的雨絲一一拔起」，種下的也要自己拔出來，慢慢得體認「日子一直被拉長／她的歌聲永遠沒人聽到」（〈遺忘〉）成了世間最自然不過的事，如家門口的小溪，滋潤不了荒田，「她知道／最後到海裡的／已不是完整的她／也不是最初的她了」（〈門口小溪〉），那是清清楚楚一切人事物莫不如此，就像此詩集的名稱，得看仔細了，〈花長出了骨頭〉是看清世事的開端：

一朵花開了
我路過它
路過一些影子
路過一些話語
空氣稠密
把曾經的盛開壓扁
我看到花
和她的骨頭

此詩語言清新不俗，短而有力，尤其「路過一些影子」

和「路過一些話語」二行，寫它存有時人影雜沓，引來一些話題或蜂蝶，但再如何「盛開」的人事物都要遭忌並謝去，最後會被歲月壓扁，只剩殘片和一點支持它曾經存在過的枝梗如骨頭，供憑弔見證。詩題〈花長出了骨頭〉用「長出了」形容「骨頭」本隱於盛開之貌下，是「壓扁」後才呈露，宛如「長出」，如骷髏現形般，不忍卒讀。此詩未加針砭，或有這才是「花的真相或性格」之意。

無論如何，完整的一生也要包含其世人不忍見的一面，一如花也要長出骨頭般，淪於殘相亦是成敗壞空的一部分，不宜避而不談。但能「認真地編寫一生的劇本」，那麼即使一位回收資源的阿伯，也能將「紙箱和塑膠瓶」當道具，「鳥聲演奏背景音樂／主角是你／配角也是你」（〈晨遇〉），「最多我跌進你的深谷／沒有了月亮 沒有了星星／總有一個音階是屬於我的」（〈在七月的陽光裡想飄雪〉），紅林說得好，即使沒有了月亮沒有了星星，「骨頭」也會是花的一個音階，「配角」也必是戲裡的不可或缺的一個音階。

她的詩，她的包子，都是她生命來到眼前，極其重要的組成部分，很自然，也「總有一個音階是屬於它們的」。這幾年「包子＋詩」與紅林劃上了等號，吃過的無不稱讚，不只老麵外皮紮實Q彈，四種口味都是招牌，鮮嫩多汁的招牌肉包、高山清脆風的高麗菜包、獨家香濃帶勁的辣豆干包、以及讓舌尖清醒的雪菜包，其中滋味想說也說不清，只知與王紅林的家鄉和人生的曲曲折折糾纏不清。這也使得她企圖去拉近包子與詩的距離，不願包子是包子，詩是詩，於是她在此岸與彼岸間、此包子與彼詩作間當了遊牧民族，只為了讓鄉思來往頻繁，「守著天涯」不想「斷腸」，遂把詩的創意帶進包子裡，把包子的辣香嗆帶到詩裡來。她放在

「紅林包子鋪」門口平淺易讀的〈融〉一詩很能代表她的生命觀和創作觀：

我把詩放進包子裡
包子就有了靈魂
我把包子寫進詩裡
詩就有了氣息
你吃我的包子
會有喜怒哀樂的情緒
你讀我的詩
會有酸甜苦辣的滋味
那個時候
就把做包子的人和寫詩的人忘掉
讓包子和詩舉案齊眉

此詩極白，因是寫給買包子的小老百姓看的，最重要是後面兩句。包子和詩一旦完成，吃和讀並感受到它們的美味最重要，至於誰創作了它們，忘掉可也，這是她對創作的廚藝和詩藝的尊敬。末尾「舉案齊眉」四字，是送飯時把托盤舉得跟眉毛一樣高，意指二者互相敬重，有等量齊觀之意。

德勒茲的「生成論」可用來解釋紅林的「包子詩歌論」，舉凡大千世界除了「生成之流」以外別無他物，一切存在皆不過是「生成生命」（becoming-life）之流中的一瞬。包子和詩都是「生成物」，「生成物」比「生成此物的人」更重要，看到「生成物」就可「忘掉」生成它的人，這是紅林的瀟灑，也是她對生命的尊敬和期許。紅林的包子從皮到內餡均與眾不同，雖然一個早上從三四點到中午要包上扎扎實實的兩千個，卻是她獨家秘方所創，每個步驟皆親力親為，是她生命力投注的展現，每個包子就像她寫的一句詩般，如此她已把包子和詩拉到同樣的高度來看，也等於她把世間「凡用心生成之物」都盡力拉至藝術的層次來對待，這顯然也成了她在詩藝上展現能量的方式。

「不介意夢裡有雷聲／把自己修煉成一棵樹／樹上結滿果子／每粒果子／都是一首唐詩」（〈六月〉），對她而言，驚雷何妨，「修煉」「結果」更要緊，做得很棒的包子就是一粒「果子」，其地位和圓滿就如一首唐詩，這是何等尊嚴對待世間每顆果實的想法？如此每個包子就是紅林結的一粒「果」「一首詩」，很自然「總有一個音階屬於它」。當它進入你的身體時，就像讀她的這本詩集《花長出了骨頭》的諸多詩作一樣，每首詩也都「總有一個音階屬於它」，首首站在不同音階上，彈奏著一位世間女子的一生，而那些音階的精純度，應常常會震動你，讓讀進去的你久久不能自已。

推薦序

若將詩人比做杜鵑

葉莎

紅林擅長用生活化的文字和樸素的場景，以虛實相生的技巧緩緩推出詩意，她的詩中有無法抑制的思鄉情懷，像是一株杜鵑被移植到異鄉，日夜思念故鄉的雨和風，艷陽或薄霧。做為詩集名稱的這首詩〈花長出了骨頭〉：一朵花開了／我路過它／路過一些影子／路過一些話語／空氣稠密／我看到花／和她的骨頭；書寫的彷彿是路邊之花，在我讀來正是紅林心中想念的故鄉，影子和話語及空氣，皆是虛物，而稠密的空氣亦有力道可以將盛開壓扁，詩人看見的花不僅僅是外相而是花的本質和心性，讓柔媚之花轉為堅韌之骨，惟內心堅忍的詩人方能在詩中嶄露個性。紅林擅長在詩中運用虛實相生的技巧書寫的詩句，在此簡單舉例一二，如：跌落在我懷裡的／是你的眼神——〈貓〉三個女人伸長脖子／把花看到謝／把自己看成了花——〈看花〉

等著自己／把身體裡面的雨絲一一拔起——〈遺忘〉

在入海口等待的／是筆畫輕重的長短句——〈明滅〉

從海峽對岸來到台灣，詩人的心靈是敏銳且多愁善感的，例如在聽到〈人陸妹〉這樣的菜名時，感覺被論斤秤兩的叫賣，那說不出的心中隱隱的痛；例如在〈春寒〉詩中，聽到樹葉哽咽，感覺被人間的雨打得遍體鱗傷；她在一幅畫之前掙扎，看不懂畫的結構，卻愛死了那幅畫的深的近乎黑的那種藍，甚至想將自己釘那幅畫上；在〈門口小溪〉中，她一點點的稀釋自己，並且深信最後到海裡的已不是完整的她，也不是最初的她了！

我讀紅林的詩句，時常被詩中真誠的心而感動！紅林終於出版詩集，十分讓人驚喜！我想起蕭沆在《解體概要》書中提到：「人現在面臨自己的任務，就是要研究自己的潰敗，並向它奔去」，紅林的詩是屬於人性且發自心靈深處的聲音，有別於以意象上的濃縮完成詩的張力，紅林以挖掘生命深處的情感而緩緩傾訴的詩句，值得大家細細品讀！

詩人及評論家龍彼德在〈大風起於深澤——論洛夫的詩歌藝術〉一文中，提到：「能不斷否定自己，不斷突破自己，一個高峰接一個高峰的提升者寥若晨星。或過早亢奮，過早衰竭，……，或起點即是頂點，高潮接著落潮，雖能常寫卻再也寫不出更好的作品來……」。綜觀詩壇這樣的現象普遍存在，不由得讓我感嘆，也讓我震撼。

杜鵑在全球的分布十分普遍，無論扦插或嫁接都容易存活，且耐乾旱也能抵抗潮濕，若將詩人比做杜鵑，即使被喚做悲鳥也無妨，是春日盛開的繁花，我們總能在世間孤傲且堅強的為詩活著！

推薦序

陽光滑過的深秋骨縫

——序王紅林《花長出了骨頭》

鄭慧如

這個序文題目源自紅林〈新店中正路〉第一節的末句和第三節的意象。第一節原詩是：

中正路永遠是握著陽光的
那些樹
那些奔跑的車輛
那些露出微笑的行人
都在深秋的骨縫裡穿行

此詩第三節的陽光意象，以及第一節「握著陽光」、「奔跑的車輛」、「露出微笑的行人」，集中奔赴「深秋的骨縫」，正是紅林和這部詩集的精神體現。陽光如何把握，車輛為何奔跑，人生或大自然的深秋森森穿行於骨縫間的這些，如何迅猛危殆，面臨的時候，倉皇總是多於凝望，卻又如何且戰且走，沉吟至今。

新店中正路美食薈萃，著稱的「紅林包子舖」位居此地。是的，紅林不只出張嘴、有隻筆，而且以經營包子店證明老饕的實力。始於口腹之慾，繼以精神食糧，暮春三月，陽光燦爛，「包子詩人」在期待中祭出詩集。

對於陽光滑過的深秋腸胃而言，美食有點蒼涼，因為深秋過後就是寒冬，冬天的骨頭不再如春夏堅硬，齧咬的快感不再，沿著喉嚨下到腸胃中的美食適用於構築另一種天堂，或成為豁達生命的出口，止如紅林這部詩集透露的情調：瀟灑素樸，淼海闊而天高。一個人為什麼要豁達？如果他過得很好，他不需要豁達，只要慷慨大方就好。蘇軾在〈豬肉頌〉中說：「待他自熟莫催他，火候足時他自美」、「早晨起來打兩碗，飽得自家君莫管」，你問：大啖豬肉難道無損文豪形象嗎？卻不知流放人生裡，怎可能偷得閒情逸致來細嚼慢嚥。紅林隱藏在〈新店中正路〉的美食地圖，近似蘇軾這種「填飽肚子好上路」的情味；而整部《花長出了骨頭》，或可視為詩中人與命運抗爭的協奏曲。

有些詩的空隙，來自詩行裡，語句、字詞或意象彼此的遙相呼應，或似有似無的意涵牽引；而紅林這部詩集的空隙，多來自想像扞格一般認知所造成的距離。

這部集結六十一首作品的詩集，封面是纏擾葛藤的牽牛花，呼應書名：「花長出了骨頭」。與書名同題的這首詩是這樣的：

一朵花開了
我路過它
路過一些影子
路過一些話語
空氣稠密
把曾經的盛開壓扁
我看到花
和她的骨頭

這首詩以兩個出離尋常的想像賦予新鮮感。第一，花有骨頭；第二，高密度的空氣壓扁花朵。回歸語境，這兩個違背一般認知的想像恰恰證明是詩中人的遐想，因為自第三句以下都是虛寫。詩中人路過一朵盛開的花，從花瓣想到花骨，從臨風搖曳想像委頓見骨。想像和常理間的空隙，造就這首詩的吸引力。

大氣壓力大到壓扁一朵花、花而長骨，常理不可能發生，而這兩個想像在詩行中沒有進展，卻不致費解且收亮眼之效，出於這空隙仍緣於既定的比喻結構：空氣壓力暗示生活壓力、花與女人的類比、骨頭與骨氣的聯想。

連結實境與遐思，〈花長出了骨頭〉這首詩藉著「它」、「她」，巧妙轉換了觀看者和被觀看的對象。詩中人路過一朵花：「它」，腦中閃現某些碎影閒言，於是詩行焦點轉到「她」。「她」喻為一朵花，已經不是被觀看的「它」，「她」似花而非花，「她的骨頭」也就順理成章。

紅林《花長出了骨頭》詩集中，這類建構於現實情境的超現實筆法，調節了簡短清暢的文字，產生閱讀上的摩擦力。如〈故鄉印象〉：「想你時／就獨自下一場雪／許多年後／你問我過得好不好／我說：／時雨時晴」。依於語境，「獨自下雪」的主詞：「我」，悖離常理認知的上天或大自然，但可理解為「下雪」擬人化之後，與主詞「我」的生理或心境關聯。古詩：「焉知腸車轉，一夕巡九方」，道理相仿。

《花長出了骨頭》最質樸而動人的筆觸，每每在碰觸現實的畫面中表現。常見的筆法是：以地域為書寫的點，就詩中的此時此地召喚遙遠的他方和故事，而詩中人為兩地與今昔的中介。其中勾勒的思鄉和生活場景，從切膚之痛到切腹之痛，無暇於春花秋月，無意於奇聞軼事，而是詩中人感覺生活無著而仍一步步往前走，總在塵網中為五斗米折腰，然後活成自己的樣子。

《花長出了骨頭》的現實書寫顯現紅林對流離生命完全不遮掩的觀點。例如〈呼喚〉、〈大陸妹〉、〈一條絲瓜〉、〈正午時分〉、〈新店中正路〉。這些詩作經常烘托女性強韌的性情，而在沉痛的頂峰點到為止，以「一刀切」的果決與悵然取代嫋嫋餘韻。紅林的這些現實書寫，結局或結論往往第一節就確定，接下來都是鋪梗。異於某些詩才風流字裡行間溢出的精緻優雅，也不同於某些紛亂生活中的田野調查；紅林寫現實，頗見幾分「心似已灰之木，身如不繫之舟」的況味。

〈大陸妹〉的詩中人以青菜：「大陸妹」自比，寫自己飄洋過海、蜉蝣如塵的處境。〈一條絲瓜〉將詩中人比喻為父親所種、瓜季尾聲最後一條絲瓜：「所有的花都謝了／葉子也被蟲咬了很多洞／瓜藤顏色已變成褐色／／剩下最後一條絲瓜／風來了／它孤單地盪著／像在台北街頭夜歸的我」，這可不是「採菊東籬下」的恬淡田園，而是「一身亦枯槁」的自我消遣。〈正午時分〉中，詩中人「與陽光對峙」、「睫毛沾上了金粉」，不是走出深深庭院日光浴的舒爽心緒，而是在正午陽光下「覺得自己緩緩長了一寸」，獨在異鄉為異客而買下「對面阿伯」「所有空心菜」的同理情懷。空心菜讓詩中人想起故鄉，「對面阿伯」呼應「抬頭看天」的詩中人。在某個層面上，或許〈正午時分〉的「對面阿伯」和〈呼喚〉中「故鄉門邊牆上的梔子花」具相近的暗示作用。

《花長出了骨頭》影射時間的詩作，詩行間隱隱約約有個人，與發話的詩中人情感照應。這類作品的意趣，在於發想、意象的超凡出塵之感，恰與這部詩集書寫現實的作品遙為兩端，彰顯紅林多樣化的風格嘗試。例如〈貓〉、〈空山〉、〈遙望〉、〈那棵樹〉、〈活著真好〉、〈秋天和冬天之間〉、〈在七月的陽光裡想飄雪．三〉。〈貓〉寫：「如何抵達三月的桃花——／跌落在我懷裡的／是你的眼神」；〈遙望〉：「必須有一場雪／來凍結我的炙熱／在呵滿熱氣的玻璃窗上／留下一枚唇印／期待／你剛好路過——」；〈空山〉說：「寺廟的鐘聲裊裊升起／一杯茶褪盡繁華／條凳上已沒了故人」；〈那棵樹〉的詩行：「二十年前我把心事埋在樹下／二十年後那裡芳草萋萋」。「桃花」、「雪」、「寺廟」等意象雖為實存，在這些作品的表現裡卻在虛實之間，它們裹上一層霧氣，以待詩中人撫胸咨嗟。

閱讀紅林《花長出了骨頭》，讓我聯想到李清照。可憐著有《打馬圖經》、「昨夜雨疏風驟，濃睡不消殘酒」的一代狂才，被歷來文學史看作「婉約派」。女性婉約，大約是取得文壇認證的必備要件吧。那麼也就難怪智勇雙全、靈魂強韌、轟轟烈烈的女創業者，多少也得來點憂心悄悄之狀。譬如風阻和電動車的關聯：電動車跑越快，風阻越大，所以業者需想辦法降低電動車的風阻。紅林這樣全方位的女性就像電動車，而讀者有如風阻。哪天紅林的詩長成一顆子彈，即可全速前進。不過消費者買不買長得像子彈的電動車，就是另一個問題了。這就是為什麼，帶種的女人必須以一朵花的樣貌展現，也就是為什麼，期待知音看到她的骨頭。

故鄉印象

想你時
就獨自下一場雪
許多年後
你問我過得好不好
我說：
時雨時晴

大陸妹

在台灣
有一種菜叫大陸妹
價格很便宜　卑微如塵
在台灣
有群人也被叫做大陸妹
漂洋過海　蜉蝣如塵
每次聽到賣菜的叫喊：
「大陸妹 十元一斤……」
我就覺得

自己
也被論斤稱兩在賣

呼喚

聽到有個聲音在呼喚我
渺渺茫茫　忽遠忽近
原來是故鄉的黃昏
我倚靠在門邊的牆上
一朵梔子花
被揉捏得死去活來

秧田

蘭陽平原的秧田
一丘連著一丘
放眼綠色的海波
阡陌縱橫
我沿著田埂一直走　一直走
走到了家門口
父親正戴著斗笠　穿著簑衣……

掙扎

她在一幅畫前站了很久
看不懂結構
看不懂那幅畫想要表達什麼
卻愛死了那幅畫的顏色
那種藍
深得甚至近乎黑
她想要有一顆螺絲釘
把自己釘在那幅畫上

從這一生到那一世
成為永恆
從那幅畫的藍中走出來
走到街上
她發現
她正踩著自己的影子

貓

如何抵達三月的桃花——
跌落在我懷裡的
是你的眼神
宛如一條河
流經我走過的土地

我在暮色裡坐了很久
你收留了靜謐
叼著黃昏
讓風

更快速滑過

正午時分

那時陽光正好
她抬頭看了看天
睫毛沾上了金粉
與陽光對峙
覺得自己緩緩長了一寸

對面阿伯的菜還沒賣完
靠近看了看
還剩有幾把空心菜
她記得

在很遙遠的地方
空心菜也叫苕藤菜
開的花像喇叭花

她把所有的菜都買下來了
轉過身
陽光恰恰好滑過路口

看花

黃昏來臨
三個女人上山看花
那些花在高高的枝上
它們向著天　向著夜色　向著無邊
三個女人伸長脖子
把花看到謝
把自己看成了花

門口小溪

一連下了很多天雨
溪水格外飽滿
從我家門前流過
經過堂叔家門口
再經過一片荒田
如今的荒田
已不要溪水了
她只好努力往前
流進港裡
進入河裡

匯入海裡

她一點點的稀釋自己
她知道
最後到海裡的
已不是完整的她
也不是最初的她了

遺忘

等著天空塌下來
等著風灌進身體裡
等著自己
把身體裡面的雨絲一一拔起

一群花開了
她想起
很久沒有穿花裙子
很久沒有寫信
與時空對峙，她抽離了自己

天空也是郵差
送來寒風，暴雨，和涼意
三月忘了修飾自己
日子一直被拉長
她的歌聲永遠沒人聽到

春寒

春天多雨
雨落在路上，車上，屋頂上
滴滴答答
她不喜歡雨
不喜歡滴滴答答的聲音
像一根根針那樣
刺刺的

她不喜歡春天了
冬天住在她身體裡

北風讓她決絕
不去計較一顆木麻黃的存活
不關心一個空酒瓶裡面的空氣

一切都是浪費

而花盛開
緩緩，緩緩
一次心臟爆發的撞擊
萬物誤入歧途
樹葉哽咽
她被人間的雨打得遍體鱗傷

花長出了骨頭

一朵花開了
我路過它
路過一些影子
路過一些話語
空氣稠密
把曾經的盛開壓扁
我看到花
和她的骨頭

你那裡的櫻花開了嗎

淡水天元宮的櫻花開了
烏來老街上的櫻花開了
新店花園新城的櫻花開了

記得，在遠方
我的家鄉黃石
也有一條櫻花大道
沒有人告訴我
那裡的櫻花開了沒
那裡的櫻花會不會唱情歌

夜思

夜來臨的時候
鳥聲被藏起來
光隱匿在曠野
等一個陌生的你

幾行酸甜的句子
在指尖飛舞
一柄江湖的劍
揮砍昨日的回聲

你哭的模樣
是一樹梨花
沿著河流走向海
梳理混亂的凋零

舉頭的時候發現
你就在花下
那時月光
溫柔了幾分

睜眼一瞬間

活著的日子
在潮濕與乾爽之間徘徊
妳說太陽會哭
妳說雨會笑
我都相信

而風是不會停止的
遠處稻香
糾纏著童年的絲絲縷縷
關於翅膀的歲月

在清晨睜開眼的那一刻
凝固　流動
流動　凝固

明滅

你的眼神
浪花般
璀璨　瞬間消逝

暮色漸近
剎那間明滅
在入海口等待的
是筆畫輕重的長短句

雨或陽光

交接得沒有縫隙

之後
我用海岸線切割你的眼神
那些光亮　漸漸碎成
藍的深邃

桃花給我當老師

期盼能見桃花一面
仔細向它討教
如何保養面容　粉嫩如它
如何滋養氣息　清香如它
如何在春風中顧盼生輝
如何在花蕊裡靜寫三生三世
如何總能讓人想走一回桃花運
管它結不結果

孤獨

想為自己點一盞燈
讓心底的黑亮得空曠

請給我一朵花的香氣
給我山谷裡的回音
我的瞳孔將洩出瀑布
在絕處開出華麗

轉彎又轉彎的小路
鋪滿五月的油桐花

把歌聲槳洗得發亮
等薄薄的孤寂變成蝴蝶
我靜在渺渺裡

希望

日子忙碌
我總是醒得比鳥兒早
見過黎明前的黑暗最多
我不怕黑
路邊的花兒草兒也不怕
它們和我都知道
只要一直往前走
天就會亮

六月

六月來了
山林裡
知了歡叫起來
山凹裡的螢火蟲
也笑臉迎人
李子熟了
桃子紅了
這樣的日子適合作夢
不介意夢裡有雷聲
把自己修煉成一棵樹

樹上結滿果子
每粒果子
都是一首唐詩

預知

黃昏如約而至
她知道，死亡一定會來

記得，一些日子的路線與灰暗
一粒種子的發芽、開花、結果

找不到光的位置
躊躇在荒涼的空白裡
沒有人知道
她多麼冷

新店溪

從新店溪的黃昏走到夜晚
岸邊的雜草、蟲鳴
都被燈光擊暈了

偶爾，水面
蕩漾著皺摺
泛出溪水的輕愁

她想裝一杯
流水的聲音

寄給遠方

她發現
新店溪再怎麼努力
也流不到長江去

晚霞

大地是翹翹板
這一頭把黃昏踩下去
那一頭天空便彩衣紛飛

這時候應該有風
吹走些許欲望
應該有髮絲
在耳際寧靜
要以怎樣的心情

迎接全部的黑
還可以握一握昨天　前大
甚至更久以前

她想著
明天早上那杯咖啡上的拉花
一定是活成晚霞的模樣

握住溫暖

陽光下走著的人
不會去體會陽光的心情

在烏雲背後
或
它穿透雲層傾瀉而下
直射　斜射
繞過長著青苔的角落
卻無法觸摸那裡的潮濕

有時是困惑的
不知道明天的方向
無法算計風雨雷聲
它的心情
只有幽暗的山谷知道

在陽光下走著的人
用力踩著陽光
還用影子覆蓋了陽光

保安賞荷

七月　保安萬畝荷田的荷花
鋪天蓋地地炸開了
裸露著嬌艷和羞澀
風吹一回
迫不及待的嫵媚就蕩漾一回

採蓮蓬的婦人和老漢
黝黑的臉上爬滿皺紋
遊客上前討價還價
每成交一次

荷花就在他們臉上盛開一次

遊人如織　彩衣繽紛
爭相與荷花同框
歡聲笑語灑下一路
荷花不語　站成仙的姿勢
把清香鋪滿一路

七月
在荷花田裡走一遍
彷彿荷花又在身體裡開了一遍

不要說愛

每一朵浪花
都是海的呼吸
風吹起的皺褶
也是海不同深淺的呼吸
她走到海邊
在這細密緊緻的呼吸裡沉浮

船帆　魚兒　海草
是她存在的方式
每一次與海見面

她都把自己撕碎
再縫合一次
重新回到人間

那麼多年來
她一直愛著海
後來明白
她一直愛著的是自己

和美登山步道

和美登山步道上的台階，都是
木頭的
邊緣長滿了青苔
有些已經斷裂
好想輕叩它的心門
問問它抽長了多少歲月
背負了多少步履
仰望了多少人上山
又目送了多少人下山
還有多少上山卻沒下山的……

斬

八月的陽光
白花花丟滿一地
車輪輾過
行人踏過
內心的那點陰謀
已被烤得流油

你用憐憫作鈞鉤
我在哪裡
浮標就在哪裡

八月的陽光有赴死的決心
沒有眼淚

內外

萬物有了翅膀
田野　樹木　房屋
遠處的陽光和小山
不斷地飛離
我的問候打結
在窗外搖搖晃晃

有人睡覺
有人不斷折磨手機
鐵軌釋放溫暖的聲音

口罩按住呼吸
眼睛和耳朵都披上了光

下一站到了
下一站離開了
有人上車
有人下車
風景是流逝的
瞬間
竟是那麼美好

此刻我在窗內
此刻我在窗外

疫情之後

我和你的天空一樣蔚藍嗎
我們的悄悄話
以臃腫的姿態
懸掛在秋日的枝頭

陽光穿過霧霾
遇見門前靜默的小溪
遇見你結霜的背影
遇見自己火焰的樣子
在千瘡百孔的人世裡疼痛

秋天總是來得這麼快
許多的夢
風一吹就碎了
此時
故鄉就是個折磨人的詞

聽荷

荷花開的聲音
不過是一指的厚度
不過是月出到月沒
在深夜裡炸開的
似乎聽不見
似乎又聽得見
生命綻放
如此小心翼翼——

在咖啡廳

窗外正雨
輕音樂壓低了潮濕

她忘記聊了些什麼
漫不經心地喝著一杯榛果
吃掉了他臉上的笑容

那一刻　她是孤獨的
孤獨地放牧了自己
甚至更久以前

「這個年啊一直下雨！」
他咳了一聲
她喝了一口
她聽見
咖啡在喉間漸漸墜落的聲音

種自己

飲著秋夜冷涼的氣息
目光把那條街洗了又洗
行道樹　霓虹燈　遠處的那條狗
她塗抹了一層又一層的色彩

她想撕裂自己
碎成多少片都好
每一片都是種子的模樣
都被好好愛著

好好愛著
好好走回人間
一寸一寸在故事裡生長
等你
來收割

空山

幾滴鳥鳴驚醒了幽蘭
寂寞滋生在蘑菇的傘下
寺廟的鐘聲裊裊升起
一杯茶褪盡繁華
條凳上已沒了故人

落紅掩埋千年的誓言
還要等你多久
回聲才會飽滿

晨遇

一句問候，薄薄地
晾在窗台上
你沒聽見
鳥兒也不理

一寸一寸
窒息昨日的活細胞
四個輪子，推動
朝夕的沉重

背脊彎曲成弓
喘息密織成一張網
撈起的微笑
擱淺在歲月的河

認真地編寫一生的劇本
紙箱和塑膠瓶是道具
鳥聲演奏背景音樂
主角是你
配角也是你

注：清晨在陽台上看到一位回收資源的阿伯，有感

隔空

這一生
有很多疑惑找不到答案
問號串成鐵鍊
一圈一圈捆綁自己

流浪的足跡不曾停過
踩著不同的土地
在心裡細細刻下寧靜

棗樹、柿子樹、橘子樹

臘梅花、石榴花
老家的院子總是熱鬧非凡
它們的身上都有我父母親的溫度

隔著黑水溝
我寫了千百種答案
掛在雨絲裡

醒

其實
我是有《紅樓夢》之心的
可有意無意之間
你撩撥一下
我的紅酒杯就碎了
我的血液常常倒流
透過我們坐過的木椅
穿越一些開花結果的事情
你「哈啾」一個噴嚏
我又回到了人間

秋天和冬天之間

你說，秋天和冬天之間
應該是逗號
還有很多沒有說完的故事

你說，秋天和冬天之間
應該是句號
該結果的都已經結完果了

你說，我的秋意淡薄
你的秋意正濃

你給自己畫了一個句號
你這樣說的時候
我就成了老家院子裡
那顆不肯離枝的柿子

母親——祭生母

從寶山寺往山下看
看得到母親在的方向
我跟母親嘮嗑了幾句
在心裡抱了她一下
沒去母親的墳前
我怕見到那裡的荒草

父親——祭生父

離開寶山寺
下山之後　我才想起父親
已記不得父親在的方向
記不得一生中我跟他說過幾句話
每次想起父親
就想起我跟他的事該從哪一頁說起呢
心中悲涼　卻流不出眼淚

桃林

水庫旁邊的小山
已經不是山了
裸露的黃土
種了很多小樹苗
大哥說　那是桃樹
看它們嫩嫩地在風中顫抖
我不知道它們
什麼時候會長成林
什麼時候會開花
什麼時候會結果

而那時
我還會不會經過這裡

喇叭花

從寶山寺下山
沿路看到藍紫色的喇叭花
大哥說
這些喇叭花
一大片多美
我看到其中一朵喇叭花
在風中獨自搖曳
想起
過幾天我又要離開了

那年——寫給外婆

那年
有風拂過生鏽的門環
台階長滿青苔
我在月光之外徘徊
尋覓您掉落的笑顏

那顆兩面金黃的煎蛋
以及口袋裡兩元壓歲錢
這些年
我一直拽住它們的溫度

而您卻離我那麼遙遠
那年
您出門遠行　卻忘了回家……

您的暖——寫給外婆

一些笑容
被丟棄在舊城池
一些白髮
跟雁陣走了
一些話語
隨薄雲柔軟起伏

一條凍河
冰封了塵緣
一抔黃土

隱身於落日之下
一朝思念
杜鵑澆灌成茱萸

時時感受您隔世的溫暖——

選擇

你來了
滿山的紅葉開始騷動
整座山林都在叫我
一束光從葉縫間伸長了脖子
可我
不想看生命一點點失色
情願獨坐在空屋的條凳上
等天亮

新店中正路

中正路永遠是握著陽光的
那些樹
那些奔跑的車輛
那些露出微笑的行人
都在深秋的骨縫裡穿行

教堂寂靜
世事有著存在的永恆
我不信上帝
迷戀從生命催出的迸裂

有痕劃破無痕
陽光曝曬我的恐懼
中正路鋪了一張空白稿紙
漂泊的人
不說憂傷

注：中正路是新店最繁華的街道，有一座很氣派的教堂

無題

我無需讀懂秋日
無需讀懂——
葉尖在風中的顫抖
露珠滑落的無奈
一隻螞蟻的奮力
淅淅瀝瀝的雨
還有故鄉山上漸漸變紅的楓葉

早已習慣在秋日
拽緊自己的心

一條絲瓜

父親種的絲瓜
已到瓜季的尾聲
所有的花都謝了
葉子也被蟲咬了很多洞
瓜藤顏色已變成褐色
剩下最後一條絲瓜
風來了
它孤單地蕩著
像在台北街頭夜歸的我

秋思

天空高了一些
雲靠得更近
她剝了一顆柚子
想著團圓的滋味
把窗戶打開
等即將灑進屋內的月光

她發現
樓下的芒果樹也有些疲倦
堆砌在樹上的不是葉子，是歲月

這一生
總在偶然和必然中決裂
冷涼的深呼吸
確定自己是清醒的
那些被吹落的葉子
有些是她
有些不是她

那棵樹

那棵樹一直在那個角落站著
第一次見它是那個樣子
二十年後見它還是那個樣子
它都不老　一直不肯老

開花的時候　認真開花
結果的時候　子孫滿堂
不慍不火地過日子

二十年前我把心事埋在樹下

二十年後那裡芳草萋萋
我用皺紋和白髮
坐在樹下彈奏一曲《東方破》

那個女人

那個女人　坐在窗前
抹了胭脂　點了朱唇
相信那古道的承諾
牽了幾千年的渴望
就算瘦了西風
依然守著天涯　不想斷腸

那個女人　坐在窗前
青絲踩著四季的更迭
獨自花開

獨自凋零

獨自讓相思　成塚

遙望

必須有一場雪
來凍結我的炙熱
在呵滿熱氣的玻璃窗上
留下一枚唇印

期待
你剛好路過——

轉身

在冬日，不能自拔
萬物隱匿拔節的痛
回收淚水，回收愛，回收昨日
在街頭給你的擁抱

天空還可以再薄霧一陣子
我想把人世推得更遠
讓荒涼流逝
靈魂再一次乾淨

我可以一路握著枯萎
告訴你
這是冬天
這不是冬天

後來

你說下雪了
我在玻璃瓶裡裝滿星星和月亮
等你寄雪來

你說堆了一個雪人
我準備了胭脂、眉筆和唇膏
想要細細描她的妝容

雪那麼柔軟
如當年巷子裡那些話語

雪那麼絕情
來不及握緊就離開了

你有沒有寄雪給我
我不知道
一場雪下了很多年
我在很多年前的地底下
漸漸成煤

雪

它的白是我仰望的
卻不是我想要的
過於潔淨的東西
讓我害怕
讓我敬畏

這雙沾滿塵世味道的手
不敢觸摸
亦如我自己
也無法做到完全的善良

慌

寒雨
寫著冬天的糾纏
光禿禿的樹枝
長著灰色的臉

故鄉有霧
佈局我的迷失
虛構爐火的溫度
虛構問候的話語冒著熱氣
漸漸發現

故鄉越來越多邊形

臘梅花開

終於看到我家的臘梅花了

這株臘梅
是我十幾歲時
挖回家栽下的

一大棵臘梅
開得很熱鬧
枝椏翻過圍牆
向外伸展

歡迎我回家

她年年都開
我無法年年回家
今年趕上了
我看到花開的樣子
我看到很多年前我的樣子

過年

把忙碌劈一條縫隙
讓思緒穿越
年味沾了海水
鞭炮聲　味兒苦澀

故鄉的鑼鼓喧天
催開了迎春花
我在岸邊握一捧流沙
將歲月淺淺埋藏

思念是汪洋

此生搖蕩——

想像

在冬天
有太陽的日子多麼溫暖
我們不需要烤爐
不需要木炭
甚至不需要一杯熱茶

兩張椅子就好
靠著牆邊坐著
可以攤開雙腳
可以翹起二郎腿

可以愉悅地斜著頭

可以天南地北的聊著
可以
在你講到得意的時候
冷不丁吹一聲口哨

還可以說著說著
突然回過頭來看我一眼
那時眼神
也是溫暖的

融

我把詩放進包子裡
包子就有了靈魂
我把包子寫進詩裡
詩就有了氣息
你吃我的包子
會有喜怒哀樂的情緒
你讀我的詩
會有酸甜苦辣的滋味
那個時候
就把做包子的人和寫詩的人忘掉

讓包子和詩舉案齊眉

活著真好

我們不談論人情
冷暖都有刻度
上上下下
只不過是被燙一下
或　被凍一時

我們不談論別離
今日重複昨日的消失
重複花的謝
葉的落

天邊雲的飄散
路盡頭你的背影

我們不談論絕望
陽光該來時就會來
種子發芽
河流入海後更寬敞
聽　公園裡孩子們的笑聲多清脆

我們不談論死亡
塵世的愛太擁擠
此起彼伏的是生活
結局
不過是

小說最終回的兩滴淚

還有什麼可說呢

還活著

真好

在七月的陽光裡想飄雪

(一)

想你
想玉蝶飛舞的樣子
想在窗前靜待你來臨的喜悅
想枝枝葉葉被你打扮的風景
想那一斜坡滑下去的刺激
想那胖胖雪人紅紅的鼻子……

踩著貼在柏油路上的陽光想你
在樹葉縫隙間瀉落的愛情裡冷卻

回望看不到白雲深處
不是那溫柔的逝水
也不是昨夜的夢醒時分
是在燦爛的七月……

卻在絲絲縷縷的熱情裡凍醒
想爸爸升起的爐火
想媽媽的暖被窩……

㈡

這真是非分之想
好遙好遠的那些日子
只能委屈地被我塗鴉
誰有蓑笠可借我

誰有江河讓我獨釣
誰可以讓你飄落在我髮梢

一些欲望在飛舞
膨脹了些許微塵
想一碟開胃的菜
想深深淺淺的腳印
想在遠山花朵盛開時
你不經意地路過我門前

哦　我褻瀆了這季節……

㈢
所謂一場飄雪

也不過就在那棵樹的旁邊
一些葉子的飄逸被凍結
一些鳥兒翅膀被撞斷
一些願望被明暗折磨

最多我跌進你的深谷
沒有了月亮　沒有了星星
總有一個音階是屬於我的
長江與黃河都不想冬眠
我卻用白髮覆蓋了所有的黑地

其實
只想偷偷睡在你的溫柔下
期許一畦麥子的飄香……

㈣

不過是想
找一些舊日的刻痕
一些曾經有的　沒的
一些虛幻的　流淌的
一些梅花翹首的
以及來不及躲藏的倉惶

夏的裙擺誰割了傷口
七月的陽光目光灼熱
我卻一直錯在絕壁
你仍越不過海峽
一切的謠言倒下又重生

迸發一些雪的日子
是想要覆蓋誰的憂傷……

國家圖書館出版品預行編目（CIP）資料

花長出了骨頭 / 王紅林著 . -- 初版 . -- 新北市 :
斑馬線出版社 , 2023.04
面；　公分

ISBN 978-626-96854-3-1（平裝）

863.51　　112002742

花長出了骨頭

作　　者：王紅林
總 編 輯：施榮華
封面設計：MAX

發 行 人：張仰賢
社　　長：許　赫
副 社 長：龍　青
出 版 者：斑馬線文庫有限公司
法律顧問：林仟雯律師

斑馬線文庫
通訊地址：234 新北市永和區民光街 20 巷 7 號 1 樓
連絡電話：0922542983

製版印刷：龍虎電腦排版股份有限公司
出版日期：2023 年 4 月初版
　　　　　2023 年 5 月再刷
I S B N：978-626-96854-3-1
定　　價：300 元